兔老大

本名：兔吉訶德・勞蔔諾・大耳蒂訥・
毛迪南・茸茸蘿特・聖飛比亞

好想變帥的
兔老大

Q-rais 著　許婷婷 譯

翹翹的小鬍子，再加上紅通通的領結，
他是小兔子們的老大哥——兔老大。

今天，他帶著三隻小兔子部下在鎮上購物。

突然，出其不意的跟一隻帥兔演員「艾倫兔諾」擦身而過。
那俊俏的臉蛋，再加上修長的雙腿，
真可說是英俊瀟灑、氣宇非凡呀……

兔老大摸摸自己圓滾滾的肚子說：
「我也想要瘦下來，變成那樣身材修長，走路有風的帥兔！」

小兔子們聽了兔老大的心願後，決心幫兔老大完成他的願望。

於是，小兔子開始組裝木板，
做了一個可以跑跑跑的賽跑滾輪。

只要進滾輪裡，就可以一直跑、一直跑，這樣應該就會瘦了。
於是，兔老大開始跑了起來，感覺挺不賴呢。

但是速度越來越快。

小兔子有點擔心了。

後來一直轉，
滾啊滾！
停不下來了，

小兔子們擔心極了。

「兔ㄊㄨˋ老ㄌㄠˇ大ㄉㄚˋ，你ㄋㄧˇ還ㄏㄞˊ好ㄏㄠˇ嗎ㄇㄚ˙？」
「若ㄖㄨㄛˋ要ㄧㄠˋ說ㄕㄨㄛ好ㄏㄠˇ還ㄏㄞˊ是ㄕˋ不ㄅㄨˋ好ㄏㄠˇ，我ㄨㄛˇ好ㄏㄠˇ像ㄒㄧㄤˋ是ㄕˋ不ㄅㄨˋ太ㄊㄞˋ好ㄏㄠˇ呀ㄧㄚ˙！」

「兔老大，請不要放棄！包在我們身上。」
「下次我們在外面運動吧。」

兔老大好不容易振作起精神說：
「好，我會繼續努力的。」

於是，小兔子去拜託雄赳赳、氣昂昂的獅大王，請他去追趕兔老大。

如果兔老大被獅大王
拚命東追西趕的話，
一定能瘦下來的。

「獅大王，您只要追趕兔老大就好喔！」
「不能真的吃下去喔！」
獅大王看著千叮嚀萬囑咐的
小兔子們，只是莞爾一笑。

「你們確定這樣真的行
得通嗎？」兔老大開始
不安了起來。

「準備好了嗎？兔老大和獅大王，預備──起！」

吼一一

開始嘍！

兔老大和獅大王
一起往前衝後消失在森林裡。
從遠方依稀傳來兔老大急促
的喘氣求饒聲。

焦急的小兔子奔向森林尋找。

他們發現了叼著兔老大的獅大王，
拚命的請獅大王行行好，把兔老大還給他們。
「唉呀，真是不好意思，我想說嘗一口應該還好吧。」

全身沾滿獅大王口水的兔老大沮喪極了。「我全身都是溼答答的口水，不僅蓬頭垢面，而且一點都沒有瘦……」

「兔老大，我們下次一定會成功的！」
「是呀，下次我們不要再做這麼激烈的運動了！」
小兔子幫兔老大擦去黏踢踢的口水後，兔老大又重新振作。

「好，我還要繼續努力。」

小兔子們以為只要多流汗，
就能瘦下來。
所以，他們帶兔老大到火山。

他們坐在非常非常熱的熔岩旁邊，
這是靠大量流汗變瘦的大作戰。
兔老大一直忍著。
小兔子們也一起忍著。
就在這時……

因為太熱了，
兔老大的尾巴燒了起來。

兔老大嚇了一跳，
站起來直接衝向遠方。

小兔子們也跟著追到了森林，
他們沿著一路上長長的煙霧蹤跡，
找到了兔老大。

「啊！在這裡！
兔老大，
你還好嗎？」

兔老大把尾巴浸在水裡，然後說：
「當然不好呀，我的屁股
燒燙燙的。」

兔老大一邊讓尾巴冷卻下來，
一邊凝視著遠方。
「兔老大，你還好嗎？」
「等等，可以讓我就這樣待在這裡安靜一下嗎？」

認真努力的兔老大馬上又恢復元氣。
他說：「我要繼續努力。」
小兔子們都很高興，
但是……

咕嚕一～…

那麼認真拚命的小兔子們
肚子也都餓了。
但是萬一吃太多美味食物的話，
會瘦不下來。
「怎麼辦呢？」

這時ㄕˊ，小ㄒㄧㄠˇ兔ㄊㄨˋ子ㄗˇ們ㄇㄣˊ集ㄐㄧˊ思ㄙ廣ㄍㄨㄤˇ益ㄧˋ、各ㄍㄜˋ憑ㄆㄧㄥˊ本ㄅㄣˇ事ㄕˋ，
創ㄔㄨㄤˋ作ㄗㄨㄛˋ出ㄔㄨ特ㄊㄜˋ別ㄅㄧㄝˊ美ㄇㄟˇ味ㄨㄟˋ的ㄉㄜ各ㄍㄜˋ式ㄕˋ餐ㄘㄢ點ㄉㄧㄢˇ。

空ㄎㄨㄥ氣ㄑㄧˋ沙ㄕㄚ拉ㄌㄚ

空ㄎㄨㄥ氣ㄑㄧˋ濃ㄋㄨㄥˊ湯ㄊㄤ

空ㄎㄨㄥ氣ㄑㄧˋ麵ㄇㄧㄢˋ包ㄅㄠ

空ㄎㄨㄥ氣ㄑㄧˋ歐ㄡ姆ㄇㄨˇ蛋ㄉㄢˋ

空ㄎㄨㄥ氣ㄑㄧˋ義ㄧˋ大ㄉㄚˋ利ㄌㄧˋ麵ㄇㄧㄢˋ

空ㄎㄨㄥ氣ㄑㄧˋ派ㄆㄞˋ

空ㄎㄨㄥ氣ㄑㄧˋ漢ㄏㄢˋ堡ㄅㄠˇ排ㄆㄞˊ

全ㄑㄩㄢˊ部ㄅㄨˋ是ㄕˋ空ㄎㄨㄥ氣ㄑㄧˋ做ㄗㄨㄛˋ的ㄉㄜ，
所ㄙㄨㄛˇ以ㄧˇ不ㄅㄨˋ管ㄍㄨㄢˇ吃ㄔ多ㄉㄨㄛ少ㄕㄠˇ，都ㄉㄡ不ㄅㄨˋ會ㄏㄨㄟˋ胖ㄆㄤˋ。
但ㄉㄢˋ是ㄕˋ肚ㄉㄨˋ子ㄗˇ也ㄧㄝˇ不ㄅㄨˋ會ㄏㄨㄟˋ飽ㄅㄠˇ。
因ㄧㄣ為ㄨㄟˋ全ㄑㄩㄢˊ都ㄉㄡ是ㄕˋ空ㄎㄨㄥ氣ㄑㄧˋ做ㄗㄨㄛˋ的ㄉㄜ。

之後，兔老大每天吃著
空氣做的美味餐點。

這是空氣三明治。

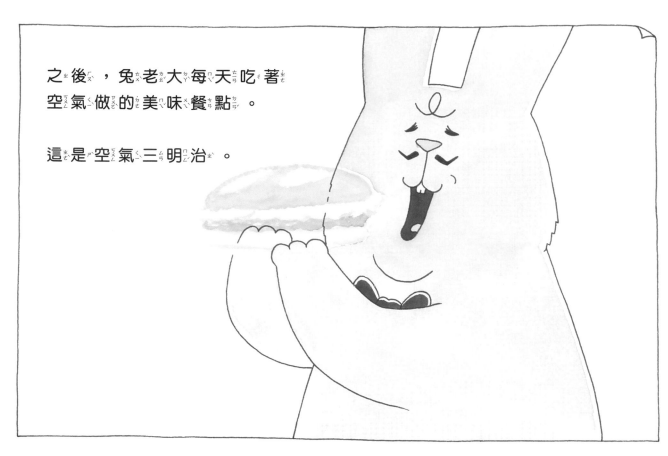

由衷尊敬兔老大的小兔子們也一樣，
吃空氣做成的餐點。
這是空氣飯糰。

結果ㄐㄧㄝˊ ，兔ㄊㄨˋ老ㄌㄠˇ大ㄉㄚˋ
成ㄔㄥˊ功ㄍㄨㄥ瘦ㄕㄡˋ下ㄒㄧㄚˋ來ㄌㄞˊ了ㄌㄜ 。

但是一起跟著做的小兔子，
卻變得瘦巴巴的，瘦得弱不禁風。

「你們怎麼變得這麼瘦……
我比較喜歡你們胖嘟嘟的樣子。」

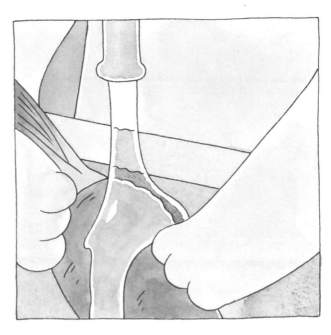

兔老大第一次進廚房。
然後，把紅蘿蔔洗好、切塊、燉熟，
做出紅蘿蔔粥。

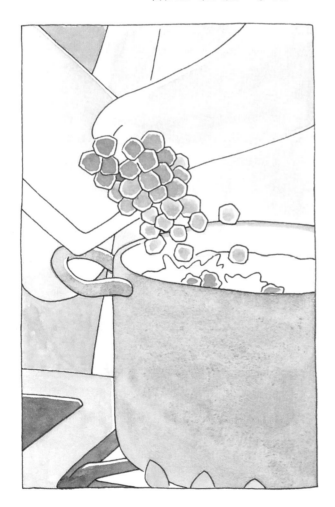

粥煮好後，兔老大的手卻捆上了繃帶和OK繃。
大家吃了兔老大做的料理後，
漸漸恢復了精神。

後來，兔老大和小兔子們就不再減肥，
他們和往常一樣，開始吃不是空氣做的餐點了。
兔老大的身材又恢復和以前一樣圓滾滾的模樣。
但是小兔子們認為：
「老大還是和之前那樣，胖嘟嘟的樣子比較好啊。」